시를 꿈꾸다 동인 시집

시를 꿈꾸다 2

시음사
시사랑음악사랑

/ 발간사 /

"시를 꿈꾸다 2" 출간을 축하하며

차디찬 얼음을 깨고 봄이 기지개를 켰습니다. 화사한 꽃들의 향연이 펼쳐지기를 기다리며 "시를 꿈꾸다 2" 출간을 계획하고 추진하는 과정에서 신종 코로나 바이러스 감염증이 전 세계로 확산되고 있기에 고민하였으나 어려운 여건 속에서도 따뜻한 격려와 성원으로 "시를 꿈꾸다 2"를 출간하게 됨을 기쁘게 생각하며 감사드립니다.

"시를 꿈꾸다 2" 출간을 축하하며 '시란 무엇인가?' 생각해봅니다. 시란 '정서나 사상 따위를 운율을 지닌 함축적 언어로 표현한 문학의 한 갈래'라고 사전에 명시되어있습니다. 그러나 시의 정의에 대해서는 시인이나 문학자들 사이에서 논의되고 있지만, 여전히 시의 정의를 내리기란 어려운 문제입니다. 시는 정답이 없다고 생각합니다. 같은 시를 읽어도 독자마다 느끼는 감정이 다릅니다. 시는 독자가 해석하기 나름이고 쉬운 언어로 많은 사람이 공감할 수 있는 시가 좋은 시라고 생각합니다. 그러므로 진솔하게 시를 쓰고 독자에게 공감을 끌어내기 위해 많이 고민해야 하며 펜 끝이 마르지 않도록 정진해야 할 것입니다.

문학은 절망 속에서도 빛을 내고 희망을 안겨주는 긍정적인 힘이 있다고 생각합니다. 어려운 상황에서 한 줄의 글, 시 한 줄에도 용기와 위로를 받듯이 힘들고 어려운 여건 속에서 진솔하게 시를 쓰고 각기 다른 삶을 살아가는 생면부지(生面不知)의 사람들이 한마음으로 펴낸 "시를 꿈꾸다 2"는 각양각색(各樣各色)의 생명력 있는 긍정의 빛을 발하리라 봅니다.

시를 꿈꾸다 문학 밴드가 견고하고 단단한 문학 공간으로 자리매김을 할 수 있도록 보이지 않는 곳에서 신뢰와 믿음으로 묵묵히 자리를 지켜주시는 회원들과 포근하게 보듬어 주시는 독자에게 감사의 마음을 전하며 아낌없는 격려와 사랑 부탁드립니다.
늘 건강과 행복을 기원합니다.

2020년 5월 꿈꾸는 봄날
시를 꿈꾸다 문학회 회장 임숙희

♣ 목차

♣ 목차

♣ 목차

♣ 목차

강석자

☆ 프로필

· 대전 출생

· 인양문단 등단

·「시를 꿈꾸다」 문학회 회원

· 광운대학교에서 도시계획 박사

★ 목차

들꽃 / 강석자

들꽃이
바람결에
향기를 뿌려 놓고
그대를 기다립니다

뭐 하세요?
만사 제쳐두고
한걸음에
달려오셔야지요

오로지
혼자 피고 지는 설움을
싫다 않고
참 곱게도 피었습니다

소망 / 강석자

봄이

똑

똑

똑

깨워놓고

햇살이 가져온

소망을 열라 한다

이젠

자식들 독립시키고

둘만 남아

깨 볶는

신혼처럼

사이좋게

늙어 가라 한다

한줄기 빛이 되어 / 강석자

굳게 다짐했던
결심이 무너지고
열정이
사라져갈 무렵

한 해는 또
가버리고
반성마저
사치스럽다는 생각이 들어도

새해엔 또다시
실천 못 할 계획을 세우고
희망에 부푼 듯이
수명 짧은 열정에 사로잡히지

그럼에도 불구하고
새해
변함없이 떠오르는 태양은
내 인생의 한줄기 빛이 되어
희망으로 남으리라

☆ 프로필

· 경기도 안양 거주

· "대한문학세계" 시 부문 등단

· 대한문인협회 정회원

· 대한문인협회 경기지회 회원

·「시를 꿈꾸다」 문학회 운영위원

★ 목차

봄 마중 / 권경희

창가에 핀
햇살 한 묶음에
그리움을 소담스레 담아
사랑 동동 띄운 감성 커피를 마주하니
그간 안부가 피어오른다

창 너머 뜬
구름 한 묶음에
기다림을 옹골지게 담아
여심 솔솔 섞어 한 모금씩 음미하니
떼구름 너스레에 봄이 핀다

기꺼운 미소로 오신다기에
리필로 마시고 온 밤
그대라는 별이
정수리로 참방참방 내려
온밤을 하얗게 동침했다

곶자왈 수선화에게 / 권경희

설익은 봄빛 잎샘 바람에
호젓한 마음 하나 챙겨
곶자왈 가는 이웃 기차를 타고
가시덤불을 지나 메아리 숲을 오를 때면

지천의 샘이 모여드는
바람의 언덕 조붓한 호숫가에
요정의 짝사랑을 외면해
자아도취의 덫에 걸린 신비의 미소

근원을 알 수 없는 외로움이
듬성듬성 피어날 때
꽃잠 깨어나는 수선화를 마중하는
슬프고도 고독한 눈빛들
그미는 첫사랑 같은 그리움이다

그대여 슬퍼 마라
어머니의 눈물과 사랑으로 피어나도
살다 보면 사랑을 떠나가기도 하고
또 떠나오기도 하며
아주 머나먼 별리를 할 때
한동안 슬픔에게 다녀오면서
오지에서 들꽃 한 송이 피우는 일이다

울지마 톤즈 / 권경희

새벽빛같이
정갈하게 오신 님이시어
당신의 따뜻한 음성으로
척박한 땅에도 봄이 왔습니다

진정한 성직자로
십자가에 무릎을 꿇으시고
헐벗고 상처받은 영혼을 구원하시며
참사랑을 헌신하신 등불이시여

어둡고 암울한 오지의 땅에서
당신이 뿌리고 가신 숭고한 밀알은
황무지에서 일군 자비의 생명수로
힘없고 목마른 영혼들이 깨어납니다

그토록 비정하게 부르신
신의 뜻은 알 수 없지만
어머니께 올리는 하직 인사는
민족을 넘어 인류를 울렸습니다

성부의 품에 오르신 성직자님이시여
거룩한 순교로 큰 별에 임하시어
아픈 지구별을 성신으로 밝혀주시니
가난한 영혼은 치유받고 일어납니다

☆ 프로필

- 안동 경안고 졸업
- 사상과 문학지 시 부문 등단
- 뉴스한국 기자
- 유성바른자세 힐링센터 대표
- 맥향(경북안동)·하주문학회(경북 경산) 회원
- 「시를 꿈꾸다」 문학회 회원
- E-mail: koreagoldbank@naver.com

★ 목차

산다는 건 / 김기호

모로선 세상
마음의 중심 추를 바로잡아
한 땀 한 땀 정성스레
살얼음 같은 시간을
비행한다

비록 갈지자로 된
인생사라 할지라도
두 손을 꼭 잡고

바르게 사는 것
잘사는 것
가슴 따뜻하게 사는 법

그 마음의 추
생각의 저울
심장의 열정

그 정로 위를
마음을 내려놓고
뚜벅뚜벅
걸어가는 나그네 되어
이 화사한 봄 위를
걸어 보기로 한다

봄의 미학 6 / 김기호

연을 나누어
구분 지을 수 없는 사랑이
코로나 19를 맞이한 봄 앞에서
우두커니 서서 멍하니
바다를 바라보고 있다

영혼의 심장 동굴에
깊이 들어가서
깜깜한 감각으로
더듬어 더듬어
현실을 걸어간다

슬픔반 희망반 뒤섞인
봄의 화단에는
인연 꽃들이
그냥 막 피어나고 있다

아름답고 슬픈
인연 꽃이
가슴 저미게
피를 토해내며
피어나고 있다

한입 베어 문 봄 / 김기호

한입 베어 문 봄
새빨간 입술 같은
딸기 향기가 그윽하여
눈을 감고 오감으로
느끼고 있다

혁명의 깃발이
울고 있는 봄빛

구호와 함성들도
따스한 햇살에
스르르 녹아서
다크 초콜릿이 된다

차가운 겨울이
용해된 비커
시간 속에
믹싱 된 아이스크림이
봄의 혀에 농락
당하고 있다

☆ 프로필

· 천우문학세계 시 부문 등단

· ㈜두메화훼 농장 대표

· 「시를 꿈꾸다」 문학회 회원

★ 목차

사색의 능선 / 김달수

눈빛 하나로 하얀 순정에 오는
실눈의 작은 기다림에
파르르 가슴이 떨려온다.
떠나는 어제의 자욱이 하나둘
이별의 능선을 넘어갈 때
햇살도 함께 어둠의 그림자만 남기고
사색의 능선을 넘어가고 있다.

이미 겨울들을 벗어 버린
시간의 잔가지 끝에 열린 아침 이슬이
하루를 담고
선형의 색상으로 건네진 까마득한
인성의 긴 여정 앞에 울림으로
표적을 만들며 사라져가는
모든 것들의 심장을
찍어 내린 지난 자욱 앞에
밤하늘을 태우는 별빛 산허리마다
흐르는 저 외침이 안개비처럼 내린다.

꽃바람 / 김달수

한 올 한 올
겨울을 빠져가는 빛살의 눈부심이
겨울 그루터기 사이에 가벼운
숨을 몰아쉬고 있다
계절의 끝나가는 서툰 움직임이
툭툭 겨울을 털어대며
아주 조용히 겨울을 지워내고
초심의 바닥에 웅성거리는 파란
하늘이 별을 쏟아붓듯
꽃바람 이는 언덕을 내려가면
골진 계곡마다
하얀 겨울이 거친 숨을 몰아쉬며
블랙홀 사이를 맴돌아 서툰 봄의
움직임에 한 겹 또 한 겹 이름을 지우고 있다
겨우내 서성이던 찬 바람의
언 살결마다 떨어지던
긴 고드름을 타고 내리던
작은 물방울들이 꽃바람 속에
기지개를 켜며 바삐 겨울 골목을
빠져가는 걸음에 아쉬움이 푹푹
냇물 되어 흐른다.

님의 미소 / 김달수

밤새 수척해진 거리의 풍경
가득 찬 가을빛 따라
하루를 열면
연둣빛 바람이 산 너울에 춤춘다.

갈색으로 점철된 시간의 파도
여운으로 깔린 시린 새벽을 타고 넘다
신기류의 유혹으로 가을이 반짝이고 있다.
모두의 가슴에 거부할 수 없는
산소로 승화한 거리엔
님의 모습으로 안겨 오고

새벽 끝 열린 아침 뜰에
덩그러니 밝아오는 가을 햇살
님의 아름다운 모습으로 넘쳐
하늘 가득히 그리움을
채워 넣는다.

☆ 프로필

· 부산 출생

· 대한문학세계 시 부문 등단(2019)

· 대한문인협회 회원

· 대한문인협회 부산지회 회원

·「시를 꿈꾸다」 문학회 회원

· 시〈별리〉 대한문학세계 문학상 당선. 2019년

★ 목차

동경 / 김미숙

그대에게 가기 위한
애타는 몸부림
그럴수록 더 나에게로 가고 말았다

한없는 욕망의 소용돌이
그 속으로 빠져
길을 잃고 허둥거린다

영혼의 흔들림은
그대에게 젖어 들고 싶은
애틋한 울림

강물에 던진 밧줄에 물결이 일고
그 물결 따라 흘러가리라
낙조의 붉은 태양은
윤슬로 내 마음을 그린다

그대 손 닿지 못하는
저만큼의 거리에서
나의 영혼은 울고 있는데

나를 구속하는 건
결국, 자신임을 알았다

회상 / 김미숙

그대의 미소
한낱 스쳐 가는
바람이어도 좋았다
그대 있어
행복했으니

지나간 시간은
햇살처럼 따사롭다

그대 향한 그리움
가슴 가득 안겨와
문득 올려다본
시린 하늘

연분홍 노을빛이
황혼으로 질 때
바람 소리 따라 걷는
한적한 오솔길

외로움은 어깨를 짓누르고
바람은 휘파람을 불며
숲 속을 달린다.

나를 잊지 마세요 / 김미숙

한없이 퍼져 나아가는 파문
추억에 울고 웃으며
떨어져 내릴 때
그대 모습은 여울 되어 어지럽다

등대 불빛 같은 그대여!
지상에 오직 한 사람
그대에게 달려갈 때 보지 못한
수많은 깊은 강
세상이 그린 금을 보지 못했다

그대 떠나고
갈피 잡지 못하는 나의 영혼
긴 밤 어둠에 젖어 눈물을 깨물고
슬픔을 가라앉힌다

그대 떠난 이 세상
덧없는 눈빛으로
하루를 끝없이 굽어보며
파문의 꼬리 따라 흐른다

☆ 프로필

· 서울 출생

· 대한문인협회 회원

· 대한문인협회 서울지회 회원

· [문학 포털 강건] 월간 시선 정회원

·「시를 꿈꾸다」 문학회 운영위원

· “시를 꿈꾸다” 동인지

· [문학 포털 강건] 월간 시선 계간지 참여

★ 목차

어디에 있니 / 김미영

말없이 웃고 있는 얼굴이
참 곱구나
목련꽃이라 부를까
수선화라 말할까

아직도
까르르 웃는 얼굴
그 모습
눈앞에 아른거리는데

어디에도 찾을 수 없구나
너 때문에
눈물샘이
가슴이

아려왔어
그래도 너는 웃고 있구나
나 슬픈데 웃고 있는 거야
그렇게 말하는 듯이.

2월에 친구를 보내며...

먼 길 돌아오신 임 / 김미영

임을 잊고 살았습니다
사람들의 시선과 냉대에
차디찬 겨울바람 속이었으며
칼로 벤
가슴은 찢겨 너덜거렸습니다

낭떠러지 끝에 서 있는 심정
끊임없이 마음을 비우고 다져
내면을 아름답게 승화시키며
고통 속 오롯이 꿈을 위한 준비과정
참 먼 길을 돌아왔습니다

지난 세월 회상하며
눈물을 보이는 임을 보고
내 아픔인 듯
가슴은 시려왔습니다
이젠 따뜻한 봄이 가슴에 내려앉습니다

마음과 현실의 무게가 가벼워짐을
임의 미소 속에서 보았습니다
감추고 살았던 그 끼
날개를 한껏 펼치세요
임이 있는 곳에 서 있을 겁니다

마음이 따뜻하고
진심 어린 말로 마음을 움직이는 마력
희망을 주는 메시지
순수하고 맑은 눈을 가진
중년의 아름다움을 간직한 임

버리기 / 김미영

보내야 할 것은
보내야 하는 것을
알면서도
하지 못하고

잊어야 하는 것도
마음이 아파도 잊어야 함을
알아도 하지 못함은
미련을 떨구지 못해서다

머릿속에서 내려놓지 못하고
가슴속에 담고 있는 모든 것도
비워야 함을 알면서도 하지 못함은
자신을 사랑하지 못하고 괴롭히는 일

살아가면서 생기는 크고 작은 일
마음에 조금만 담고
머릿속에서 지우고
나를 더 사랑하기.

김서곤

☆ 프로필

· 서울 출생

· 시인

· 무협소설 작가

· 만화 스토리 작가

· 「시를 꿈꾸다」 문학회 회원

· 제1집 : [사랑 날 그리다]

· 제2집 : [의자가 있는 언덕]

· 제3집 : [오동도 그 가시나는]

★ 목차

자존심 / 김서곤

짧다
몸에 맞지 않아 덩그러니
댕금하다

비단 보자기에
눈물 젖은
줴기밥
몇 덩이처럼
솜옷이 아닌
그냥
덧저고리 바람으로
북풍한설을
뚫고
쌍심지 켠 오기다

그러나, 세상의 중심이라면
늑대의 눈으로
태양보다
빛나도 좋다.

바람꽃 / 김서곤

새끼낮*까지 질펀하게 붉은

어느 홍등가의

순결이다

하얀 그리움으로

몽실몽실 예쁘게 피어나

조그만 바람에도 쉽게 흔들리는

가냘프고 수려한 꽃이지만,

내 가슴에 먼저

슥

들어와

바람꽃*이는

폭폭한 마음 달래주는

화장기 없는 내 여자의

아름다운 향기.

* 새끼낮 : 정오가 채 되지 아니한 낮
* 바람꽃 : 큰바람이 일어나려 할 때 먼 산에 먼지 따위가 날려 구름처럼 뽀얗게 보이는 것

메세가니 / 김서곤

이부자리 속 날숨이다
재촉하지 않아도
까르르
환하게 웃으며
놀다 가는
정겨운 메아리 속 언어의 결정타다
꽃씨를
뿌리자
봄비가 내리는
희둥그란 활동사진처럼
영문을 몰라도 좋을
땅강아지
들숨으로 괜스레 홰치는
따듯한 자궁의 포용
밤새껏
누구에게나
평범한 이목구비로
뜨거운 입김은 궁금하게 밟혀도 좋다.

김영수

☆ 프로필

· 「문학세계」 시 부문 등단

· 「시를 꿈꾸다」 문학회 회원

· 문예사조문인협회 이사

· 계간문예작가회 중앙위원

· 경기혈액원 원장

· 시집 『사랑이 가득한 집』

· 이메일 : kys0161@naver.com

★ 목차

이런 집 1 / 김영수

세상에서 가장 따뜻한 집

생명이 피어나는 집

사랑이 가득한 집

희망이 샘솟는 집

4형제가 넉넉한 정을 나누는 집
O A B AB, ABO Friends*

곧 유네스코 세계문화유산에 오를 집

헌혈의 집

*ABO Friends : ABO식 혈액형과 친구라는 뜻을 결합

이런 집 2 / 김영수

곰삭은 입맛에 풋풋한 정감이 스멀거리는 집

꾀죄죄한 벽지마다 애달픈 사연이 고여있는 집

엄마의 장내 나는 손맛이 배어있는 집

이 세상 출장 끝내고 복귀한 사람까지 안부를 묻고 있는 집

조청처럼 시간과 정성을 쏟아부어야 하는 집
그리하여 노포(老鋪)라는 칭호를 하사받은 집

한참을 돌고 돌아서 찾아가도 본전 생각이 나지 않는 집

단골집

이런 집 3 / 김영수

마을 어귀에서 제일 먼저 바라보는 집

엄마의 미소가 장독에 반짝이는 집

텃밭의 상추가 입맞춤하며 안기는 집

그리움이 풍경소리에 매달려있는 집

대문 나서며 자주 뒤돌아보게 되는 집

또 올 날을 기약하며 스마트폰에 담아오는 집

귀경하여 네이버 위성사진으로 다시 한참을 바라보는 집

고향집

☆ 프로필

· 대한문인협회 회원

· 대한문인협회 경기지회 회원

· (사)한국문인협회 안산지부 회원

·「시를 꿈꾸다」 문학회 회원

★ 목차

허물을 벗다 / 김인수

소낭구 껍질 모양
갈라 터진 삶에서 한 꺼풀 벗겨 내니
또 다른 속살이 드러난다

뒤돌아보니
인생사 사는 동안
겹겹이 허물 옷을 입고서
철갑상어처럼 유형을 하며
물결 속에서도 벗지 못한 허물은
이제 와 군더더기 되어 볼썽사납다

누더기처럼 찌든 파편들은
얼룩진 글씨처럼 그림자 되어
내 곁을 맴돌고
동그랗던 진실은
팔괘 모양 되어 각져있다

스스로 벗어 내던지고 싶은
나의 발자국은

진실 앞에서
또 다른 옷을 벗는다.

고독은 파도처럼 춤을 춘다 / 김인수

밀물처럼 다가오는 고독은
하얀 물보라 일으키듯
성난 파도처럼
어둠 속 검은 장막을 걷어 내며
고독이 밀려온다

갈매기 떼 춤을 추듯 미친 바람은
내 마음 허공에 흩어 놓으며
고독이 밀려온다

밤이슬에
별들도 눈물방울 떨구고
달빛에 스쳐 가는 먹구름은 말이 없구나

침묵은 또다시, 침묵으로 엄습해 오고
숨겨진 내면에서
마음을 하나, 둘 꺼내어 열어보니
별빛에 고독은 사랑이 되어 뚝뚝 떨어진다

고독은 나만의 황홀감인가
출렁이는 마음에 파동인가

시간은 새벽으로 가고 있는데

텅 빈 가슴에 사랑을 채우리 / 김인수

마음에 채우지 말아야 하는 것은
슬픔이며, 외로움이며
고독함이다

마음에 가득 담아도
채워지지 않는 것은
사랑이며, 욕망이며, 끝없는 목마름이다

그러나 인생이란
좋은 것만 마음에 담고 살 수 없기에

때론, 고독과 외로움과 슬픔도
온 세상 사는 동안 겪어야 하는 삶이기에

그러다 보면
좋은 날도 찾아오고
행복이란 시간도 찾아오는 것이다

오늘도
우리들의 삶이
가끔은 아픔이고, 눈물이 되고
내일을 꿈꾸며
사랑과 행복을 추구하는 것이기에

오늘도 텅 빈 가슴에 사랑을 채우리

☆ 프로필

· 대한문학세계 시 부문 등단

· (사)창작문학예술인협의회 회원

· 대한문인협회 정회원

· 「시를 꿈꾸다」 문학회 회원

★ 목차

추수 / 김종각

뒤 뜨락에 핀 야생화는 점차
시들어 가고 요동을 치듯
힘겨워하던 날들은 지나고 저
탐스럽게 익은 곡식은 주인이
오기를 기대하며 낮을 기다린다.

마지막 가을 수놓은 황혼도
어디로 가나 기회 지나기에 염려스러워
땅거미 내려앉아 젖어 들어
물안개 퍼져 들까 농부는
스스로 분주하다

이마에 땀방울은 맺히고 쭉정이는
서슴없이 버려지고 알곡은
자식을 아끼듯 소중하게 다루어
자루에 정성껏 담는다

까치는 나무에 앉아 기웃기웃 거리며
까 까 목청껏 짖어대고
추수를 끝난 들판은 헐벗은
민둥의 들판이다

여유를 찾은 듯 농부의 미소는
겨울이 되면 한 고개 쉬어 넘어가듯
고진감래와 보상은 멈춤이 아닌
미래를 챙긴다.

오색의 초원은 살아있는 그림 / 김종각

동트는 초원에 파릇파릇한 연초록의
잎들은 눈부신 햇살에 이슬이 마르고
안개 걷히니 티 없이 깨끗한
아침을 맞는다

유리같이 맑은 강물도
거울처럼 비추어 흐른다

까칠하고 차갑던 바람도
계절에 순응하여 고요하다

실바람 타고 흩어진 향기에
벌 나비는 유혹에 잠겨 앉았다

한낮 지면을 뜨겁게 달구면
아지랑이 아른아른 움직이며
춤을 추고 뜨락은 색동저고리 입은
초여름의 그림이 완성된다.

봄 / 김종각

겨울의 뒷문은 닫히고 간다고 한들 아쉬움이
남아서 그런지 꼬리는 길어 아직 쌀쌀한
설경의 얼굴이라네

겨울이 머문 자리에 입춘이란 봄이 오는 소리에
낙엽은 바람에 부스럭 여기저기 밀려간다

본능이라 하지만 겨울 철새는 대륙을 넘어가고
긴 여정을 질서 있게 횡단하는 모습 대견하구나

춘삼월의 봄바람도 만만찮아
옷 속을 파고들어 와 앙칼지구나

세월에 원하지 않는 나이테만 깊어지네
얼굴에 잔주름은 늘어가고
파 뿌리도 허옇게 늘어 가는 건
막을 수 없구나!

☆ 프로필

· 부산 거주

· 대한문학세계 시 부문 등단

· 대한문인협회 정회원

· 대한문인협회 부산지회 회원

·「시를 꿈꾸다」문학회 회원

★ 목차

아름다운 인연 / 김희경

지리산 천왕봉에는
별들이 내려와 변을 보곤 한다지
구름이 앉아 가끔 소변도 퍼붓는다지
큰말똥가리도 그 별똥 먹고 눈이 맑아져서는
둥글게 둥글게 생을 유영하다 산이 된다지
붉은배새매도 구름 아래 젖어본 후
붉은 배가 구름 색이 되었다고 하지
사람들이 왜 산에 다녀오면
정신이 말똥해진다고 하는지
속 뜰이 좀 가볍다고 하는지 알 것도 같다

지리산 곁에 사셨어도
천왕봉 한 번 못 가보셨다던 엄마
그렇게 아파서 변조차 시원하게 못 보셨는데
이제는 저 하늘 별이 되셨으니
천왕봉에 내려서 시원하게 변 보시겠지
구름 타고 내려와 산 뜰 적셔주시겠지
아버지가 지리산 바라보시며 앉아계실 때
여전히 수줍은 하얀 웃음 웃고 계시겠지
그래서 별은 더 밝게 빛나겠지
얼었던 지리산도 봄옷 입고 있겠지

겨울비 / 김희경

왜 겨울비는
만지면 끈적일 것 같은지 몰라
가령, 속 끓고 애 끓인 눈물의 오랜 간수같이
속수무책 가슴을 짓무르게 하는

다시는 돌아오지 않을 거라고 떠난 슬픔들이
뚜우욱 떨어져 내리며
내 눈을 하염없이 미안하게 오래 바라보는 듯한

그 슬픔과 직면할 때
왈칵 눈에서 두서없이 쏟아지는 것
그것을 아는 한 슬픔
내 창을 가리는 하얀 성에 커튼 뒤에서
흐느끼는 소리로 더 미어지는 듯한

불현듯도 문득도 아닌
늘 그리워서 눈처럼 부서지지 못하는 것
그것이 겨울비인지 몰라

나를 너무나 잘 알기에 더 외롭게 했던 것 같은
선뜻 나를 떠나지 못하는 것이 있기는 한 것 같은
견디다 견디다 어쩔 수 없이 오는 것이
분명 있다는 눈빛 같은

너무나 끈적이게도 아픈...

작애분통(灼艾分痛) / 김희경

네 생의 서재 안골목 서린 먼지
누릇한 어느 문장에도 나 다 지워져
너의 숨 모퉁이조차 한 설움 설자리 없네

아니다 아니다 해도 변질되지 못하는
미련한 애착만 먼지 된 그림자여

너의 지축에 나 휘둘리고
나의 어디에도 너는 다만 있는데

냉골을 파고 누워도 눈물만 가이 없이 살아
심장에 사막을 다 묻어도 난타로 오는 이여

이런 나의 야윈 등에 내려내려
미진의 가녀린 물기 감싸 품고
쓸쓸히 노 저으며 야위어가는
하현의 긴 겨울밤 젖은 달무리

☆ 프로필

· (사)창작문학예술인협의회 회원

·「시를 꿈꾸다」 문학회 회원

· 글렌도만 교육 대표

· 색동회 동화구연가

★ 목차

그대 느낌 / 문영수

어깨를 두드리는 느낌이 있어요
생각하는 시간인가요

어둠 속을 걸을 때
눈을 감고 걸으면 차라리 나은가요

눈을 뜨고 걸어도
어둠을 헤매는 건 마찬가지죠

다시 돌아갈 수는 없어요

꽃이 피지 않는다고
울고만 있을 나이는 아닌 거죠

느낌에 뒤돌아보면 마주칠 수 있을까요

감추는 초라한 그림자에 한숨이 나와요
또 며칠은 혼자 울겠네요

눈물지으니
너무 서운해하지 마세요

이젠 어깨 두드리지 말아요

섹시한 노랑 / 문영수

노랑이 섹시하다
처음 드는 생각이에요

그 뜨거운 여름 태양에도
당당히 푸르더니

변변찮은 가을 햇살에
초록을 주었나요

허전한 가슴으로 포물선을 그리며
여인처럼 누웠군요

바스락거리다 사라질 이별이
머지않음을 알면서도

아직 꿈을 꾸나요
그림자 길게 다가오는 꿈을

창밖에 눈이 내린다 / 문영수

창밖으로 보이는 멈춘 하늘에서
가는 몸짓 밀어 밀어
하얀 눈이 내린다

창을 열고 손 내밀어
내리는 눈을 만지니

너 없으면 나 없으면 못 살 것 같아
차가운 몸 녹여 내게 젖는다

언젠가 하얀 눈 위에
얼은 손가락으로 이름을 썼었지

깊이 사랑하고 싶었던
너의 이름 하나

그리움도 세월에 쓸쓸히 녹아

너의 이름 지워진 그곳엔
마른 풀씨 엉켜 자라
흔적도 없어지고

지금에 와 기억해낸들

성에처럼 갈라지는 얼굴

얼굴 위를 긁어내어 써본다

녹았다 순간 얼어지는 숨겨왔던 그 말

얼은 손가락 손톱 밑에

하얗게 얼어붙는 한 마디

보고 싶다는

눈이 내려 더 보고 싶다는..

너 서 있는 창문을 닫는다

☆ 프로필

· 전남 순천 출생

· 문학춘추 시 부문 등단

· 대한문학세계 시 부문 등단

· 대한문인협회 회원

· 광주 전남 문인협회 회원

·「시를 꿈꾸다」 문학회 회원

· 메일 : rnrehrhkdrh@hanmail.net

★ 목차

신춘(新春) / 박정기

봄볕 내리는 양지
키 작은 아지랑이
춤을 춘다.

햇살은 울 밑
어린싹 시린 손잡고
세상 밖 수줍은 얼굴 내밀게 하고

뒷마당 햇병아리
앙증맞은 갈퀴질
웃음 짓게 하는
이른 봄날

빗나간 돌팔매
장독대 깨진 소리에

주춤거린 엄동(嚴冬)
저 멀리 줄행랑친다.

채비 / 박정기

가을 가네

신장로 저편

회오리에 흙먼지

하늘로 솟구치며

이승의 서러움

모두 데려가네

동구 밖 당산나무

앙상한 가지에

꽃상여 석남 꽃

나풀거리며

마지막 춤을 춘다

이제 가면 언제 오나

서러운 앞소리에

어허이~어허

뒷소리 흐려지고

불효자식 서럽게 우는구나

굽이굽이 골마다
가는 길 험한 들
이승보다 더 하리

저 하늘 별을 품고
뭉게구름 이불 삼아
시름일랑 두고 가소

가다가 가다가
미련이 남거들랑
한 번만 돌아보고
웃음 짓고 떠나가소

잎새 나부끼는 그곳
하얀 나비 되어.

핑계 / 박정기

가을 가지 끝
앙상한 잎새 하나

움켜쥔 두 손
된바람에
힘없이 놓아 버린 날

메마른 억새 끝
스치는 겨울은 혹독했다

긴긴 겨울밤
벌거벗은 나목
울음소리
산천 뒤덮고

서쪽 하늘 작은 별
움츠리며 깜박인다

개울가 버들개지
따뜻한 봄 찾아오길 기다린 맘

마음 급한
칠삭이 팔삭둥이
꽃송이들

흰 눈 뒤집어쓰고
울고 있다.

☆ 프로필

· 광주광역시 출생

· 대한문학세계 신인상 수상(2017)

· 대한문인협회 회원

· 한국가곡작사가협회정회원

·「시를 꿈꾸다」문학회 회원

· 모던모엠 월간지 2017.10,12월호 참여

문학춘추 2017.겨울호, 시와이야기

달빛 줍는 사람들, 시를 꿈꾸다 1집

시집에세이, 한국가시문학, 다솔문학동시집 등 참여

★ 목차

너와 나 / 박현미

너는 화사한 꽃이었다면
나는 너의 곁에 살며시
내려앉는 이슬이었다

너는 가을이면 사람들
기억 속에 추억이라면
나는 사람들의 옷깃을
여미는 바람이었다

너는 진실과 진실이
만나는 술잔이었다면
나는 눈물을 감싸는 빈 잔이었다

너는 하얀 서리태와 같은
눈꽃이었다면
나는 햇살 담는 하늘이었다

이리도 너와 나는
둘이 되어도 둘이 될 수 없는
하나였나 보다

나를 숨기다 / 박현미

태양이 진다
어둠이 내린다
아니 어둠이 내렸다
자꾸 잊어가는 고갯길
어둠 속에 숨기고 싶어진다

꼭꼭. 숨어라, 머리카락 보일라
오늘도 또,
기억을 지우는 고개를 넘는다
곁에 있는 사랑이 얼마나 큰지를
순간순간 잊으려 한다

욕심이라는 녀석이
하루라는 시간을
속물로 물들게 한다
가을 옷자락에 잎들이
색색이 물들 듯이

나침반을 보라 / 박현미

그대가 가는 그 길이
옳고 그름인지 아닌지
판단이 흐려질 때는
시간에 이끌리지 말고
나침반을 보라

시간이란 개개인에
살아가는 방식에 따라 다르다

우리에게 주어지는 시간에
무엇을 할까가 아닌
어느 방향으로 살아가야 하는
것에 대한 자신과의 약속

우리는 순간순간에 길을
잃은 어린양이 되기도 하고
자만 속에 빠져 허구적
되기도 하고

때론
절망 속에 멈추어
헤어나기 힘들 때
그 속에 멈추는 시간이
길어지면 헤어날 수 없음으로

길을 찾기 힘들 때와
자만 속엔 빠질 때
어리석은 자신을
돌아볼 줄 아는 겸손을
키울 것이며

절망 속에 빠질 때는
위를 보기보다는
아래를 바라보는
미덕을 갖추어야
할 것이며

늘 위만 보다 보면
자신을 제대로 돌아볼
기회를 놓칠 것이고
높은 곳에 있다고 하여
나보다 못한 사람을
내려다보지 못하면

없는 자나 있는 자나
모두가 길을 잃고 말 것이다
그럴 때 자신에 과거를
돌이켜 보고 현재의
나침반을 보라

훗날 돌이켜 볼 자신의 길
자라나는 새싹들에 모습에
미소를 보낼 나의 모습들
힘들고 지칠 땐 나침반을 보라

박희봉

☆ 프로필

· 아호 : 큰솔

· 경북 청도 출생

· 세계문학예술 시인상 수상

·「시를 꿈꾸다」 문학회 회원

· 현대중공업 (주) 근무

· 방송통신대학교 국어국문학과

★ 목차

그대여 / 박희봉

그대 목소리 들으며
조용히 마음속으로 가면
햇살이 숲에 내려
감싸 주는 것처럼
보듬어 주는 그대여,

서로 멀리 있어도
가슴으로 이해와
사랑 나눌 수 있는
서로에게 잊히지 않는 소중한
사람이고 싶다.

만일에 서로에게
조금 마음 일렁이는
일이 생긴다면
아침에 무릎 꿇고 눈 감고 기도하는
마음으로 살겠다.

먼 훗날 서로의
마음 한편에 오래도록 남아
떠올릴 수 있는
그리운 이름으로
남았으면 한다.

나의 당신 / 박희봉

당신은 늦은 겨울 잔설에
매화꽃봉오리로
나에게 왔습니다

마음속 어두운 곳에 환한 미소로
포근히 다가왔습니다

당신의 따스한 미소로
내 마음 속의 그림자 사라졌습니다

진보라색 붓꽃 같이
옹기종기 모여 피는 꽃처럼 살았던 당신

고난과 역경의 시간은
세월 따라 아련하게 저만치 멀어져 가고

함께 초로에 들어서
지나온 발자국을
한번 뒤돌아 보면서

곱게 물든 석양길 따라
행복의 나래
살며시 펴고 싶어요

어린 봄의 숨결 / 박희봉

여미는 바람 속에
어린 봄은 힘주어
희미한 햇살 아래
아픈 고개 내민다.

내내 기다렸는데
시린 겨울 내내
얼마나 불렀는지
기억마저 새하얗다.

눈도 내리지 않은 바스러진 겨울을
어찌 버텨왔는지 바람처럼 슬픈데,

그토록 기다려온
봄의 아침은 오고
다 자라지
못할까 봐
눈물이 난다.

이제 겨우 다가온
봄이 겪을 고행이 너무나도 아파서
푸르러질 때까지.

☆ 프로필

· 2017년 한국시산책문인회 등단

· 2018년 제32회 성남문화예술제 시민백일장 대상

· 2020년 現 한국시산책문인협회 회원

·「시를 꿈꾸다」 문학회 회원

★ 목차

그리움은 바람을 타고 / 송정훈
(부제副題 민들레 홀씨)

오늘 밤엔
어두운 하늘 하얀 별빛에 실려
바람 타고 여행을 떠나는
홀씨를 만나 봐야겠습니다.

낯선 길 떠나며
그리움 가득 보고픔에
별빛에 비치는 하얀 눈물
저녁 바다 등대 빛에 비친 윤슬처럼
늘어진 서러움
아름다움으로 다가옵니다.

밤 하늘 별만큼이나
소망 가득 들뜬 설렘으로
살랑이는 간지러움에 미소 지으며
따스한 행복 전해주고 싶어
어둠을 재촉하여 새벽을 열어보니
고운 아침 햇살 눈부심으로
다가와 안기는
고운 사랑이었습니다.

싸움꾼 / 송정훈

매번 지독히도 거칠게
튀어나오는 대로 시부렁거리며
오늘도 열 일 제쳐두고
피 터지게 싸움박질하면서
그저 가슴 답답함으로
마구잡이 주먹 날리듯 목표도 없이
허공에 헛손질만 해댄다.

땀 흘리는 찝찝함 싫다고 뛰쳐나와
허구한 날 세상에 돌 던지고
변하는 것도 없이
욕지거리해대며 싸움질만 해대는
천생 싸움꾼이다.

피가 솟구치고
비릿한 삶의 냄새 풍기며
땀 흘리는 육체의 피곤함보다
무릎 꿇는 패배자가 되고 싶지 않아
살갗이 찢기고 피가 솟구쳐도
고통 속 카타르시스를 느끼는 백정처럼
처절한 승리자이고 싶다.

죽기 살기로 버텨왔던 삶의 터전
나아지는 건 없을지라도
그저 하늘의 뜻이라 자포자기하며
주어진 길 걷고 싶지 않아
아파도 울지 않고 지친 육신 일으켜 세워
웃을 수 있으리라는 믿음 하나로
오늘도 세상과 맞짱 뜨러
싸움터로 나간다.

그리움 / 송정훈

먼 하늘 스치듯 지나치며
뒤돌아보지 않는 무심함으로
언제 돌아온다는 기약도 없이
하얀 구름은
또 어디로 길을 나서는지
출렁이는 파도에 몸을 싣고 떠납니다.

기다리다 보면 오실 건가
허구한 날 먼바다 바라보는데
슬픈 저녁노을
아름다움으로 꼬옥 감싸 안아주니
서러운 눈물 포말 되어 부서지고
오늘도 차가운 구슬 한 움큼
가슴에 쌓아 놓고 가버립니다.

긴 목 빼고 바라보는
담장 너머 그리움
가슴에 담긴 서러움만큼이나
푸른 물결 요동치는데
다시는 돌아올 수 없다는 걸 알면서도
아쉬움 눈망울 가득 담긴 글썽임으로
파도에 밀려 떠내려오는 거품들
부서지는 눈물 되어 밀려만 갑니다.

스며들지 못한 외로움
모래 위에 남겨진 바닷물처럼
흔적이라도 남겨두었다면
또 다른 인연으로 만날 수 있었을 텐데
지워져 가는 희미한 발자국
파도에 쓸려 나가는 세월의 아픔

갈매기 함께 울어주니
서러운 그리움은 아닐 것 같습니다.

☆ 프로필

· 대한민국 대한예술인협회 회원

· 청일 문학 시 부문 등단

· 청호 문예대 제7기 수료

· 전) 청일 문학사 편집국장

· BBS 만공회 회원

· 재능기부 봉사단 사랑재 회원

·「시를 꿈꾸다」문학회 회원

· 현) KGC 인삼공사 정관장 근무

★ 목차

봄은 마중 가는 것 / 양명숙

긴 겨울 낙엽을 이불 삼아
동면을 취하더니
햇살 비쳐 눈 부시니
바깥세상이 궁금한 듯
살포시 얼굴 내미네

늦잠꾸러기라 생각했는데
아뿔싸
봄 마중 가서
향연을 즐겨야 하는데

心田木(마음 밭에 심은 나무) / 양명숙

나의 마음 밭에

사랑 나무 한 그루 심었네

사랑 나무에

꽃이 피고 지더니

사랑의 열매가

열리기 시작했네

하 ~나

두~~ 울

셋

얼마를 더 기다려야

달콤한 사랑의 열매

언제쯤

맛있게 익을 수 있을까?

아무도 알 수 있는 비밀

인생은 뒤엉킨 실타래 삶 / 양명숙

한코 한코 뜨다 보니
인생은 뒤엉킨 실타래 삶과 같다
뒤엉킨 실 가위로 싹둑 자르고
다시 이으면 편한데
자르고 이으니 매끄럽지 못한 상처투성이

뒤엉킨 실도 그렇듯이
인생사도 힘들지 않고
편한 나날이 어디 있으랴
뒤엉킨 실도
차근차근 풀면 풀 수 있듯이
인생사도 인내를 가지고 풀어 나간다면
행복한 삶에 연속이겠지

양현기

☆ 프로필

· 대전 거주

· "대한문학세계" 시 부문 등단

· 대한문인협회 회원

·「시를 꿈꾸다」 문학회 회원

· 하나컴퓨터자수 대표

· E-mail : hana19980@hanmail.net

★ 목차

이곳으로 오시게나 / 양현기

그대여
어느 날 어지러운 것들로
마음 갈 곳을 모르거든
이곳으로 오시게나

봄바람에 흙먼지 일어도
긴 바람 소리에
그대 서러운 것들이 날아갈 걸세

그 누가
두 팔 벌려 인사가 없어도
그리운 추억이 달려갈 걸세

마주하는 이 없다고
술 한잔 못 하겠는가

울 옆에는 매화꽃
뒷산에는 철쭉 피었으니
작년에 담가둔
송화주 한 잔이면 어떤가

그래도 싫거든
내 마음 이곳에 두었으니
나와 한잔하시게

미안합니다 / 양현기

미안합니다
한 번쯤은 낮은 목소리로
말하고 싶었습니다
무엇이 미안하냐고 묻지는 마세요

미안하다는 말속에는
사랑도 있고 미움도 있고
안쓰러운 마음도 있답니다

살아오면서 수 없는 날들 속에
알게 모르게 주고받은 눈길 속에
다하지 못한 마음을 담아
미안하다는 말을 하고 싶습니다

어쩌면 우리는 같은 마음 일지도
모릅니다
단지 그것을 말하고 전하는 것에
서툴렀기에 미안함을 남겼나 봅니다

너무 늦지 않게
이 말을 할 수 있어서 다행입니다
그대여 미안합니다

봄 / 양현기

당신의 봄은 언제입니까
꽃이 피어야
당신은 봄이 왔다 하시렵니까

나의 봄은
한 겨울 깊은 밤에도
아득히 먼 저 하늘 끝에 있기도 합니다

어쩌면 우리의 봄은
영원히 오지 않을지도 모릅니다

그것은
당신의 봄과 나의 봄은
그리움의 크기가 다르기 때문입니다

오필선

☆ 프로필

·「시를 꿈꾸다」 문학회 운영위원

· 대한문인협회 회원

· 대한문인협회 경기지회 홍보국장

· (사)한국문인협회 회원

· (사)한국문인협회 안산지부 사무국장

· (사)한국산문 작가협회 회원

· (사)한국예술인 총연합회 안산지부 이사

· E-mail : ops3342@hanmail.net

★ 목차

벤치 / 오필선

지독히 외로운 그대의 고독
지독한 이별에 그대의 슬픔
지독한 사랑에 그대의 몸살
지독히 그리운 그대의 눈물

나에게 죄를 물으신다면
그대의 한숨이 토해지는 걸
그대의 가슴이 쏟아 내는 걸
넙죽넙죽 그대를 받아준 죄는

잠시 숨 돌려 쉬게 하려 한 죄
떨구고 간 이 많은 사연을
치유하지 못한 죄
돌이킬 수 없다며 묻어버린 죄

이별 / 오필선

1.

눈물 떨어내
그대 이름에 번져도
그대여
외면해주오

지워내 떨군 눈물
달음질한 끝자락 걸어
설게 여미지 못한 맘
당겨낼까 아프니

2.

설게 여미지 못해
끝자락 걸린 눈물
품지도 못한다
서러워 마오

서툰 달음질이
그대 이름을 스쳐
서러운 낙인으로 새겨져도
고이 가슴으로 묻으리다

청춘에게 / 오필선

삼라만상은 고요의 침묵을 깬
경이로운 섭리의 보고(寶庫)
세상을 온통 순백(純白)의 화선지로 덮는다

붓 하나 들어 창공에 일필을 휘두르고
고요한 침묵에서 청아한 시를 읊어내듯
하늘을 나는 새의 노래에는 가성(假聲)이 없다

꽃의 향기와 빛깔에는 덧칠이란 없으며
부끄러움 없는 하늘 또한 청명하기에
붉은 노을에는 구차한 변명도 걸리지 않는다

수많은 길을 만나는 청춘이여
종내에는 가슴만이 열 수 있는 문(門)
그대의 문(文)으로 열어 빛이 날 청춘이다

☆ 프로필

· 경기 김포 거주

· 대한문학세계 시 부문 등단(2019.10)

· 대한문인협회 경기지회 정회원

· 「시를 꿈꾸다」문학회 회원

· 서울교원문학(울림) 시 공모 선정(2017.18.19)

· 서울시지하철 시 공모 선정(2018)

★ 목차

봄날의 유감 / 오흥태

어찌하라고
꽃들은 그렇게
한꺼번에 피어 대는지

나풀거리는 꽃무더기
나비는 옷섶을 열어
갈피갈피 향기를 채우고

들뜬 채 왼 종일 떠돌아
어딘가에 있을 합일 된 세상
향기의 끝을 따라도 이를 수 없어
온통 실성을 했구나

네가 와서야 느리게 피어
짧은 조우는 어느새 긴 이별을 예견하고
굳이 옷매무새 여미는 너를 어이 붙잡으랴

다만
종종거렸던
꽃나무 아래 남은 자취는
흔적도 두지 말고 거두어 가거라

다시 오는 봄날엔
내가 네가 되어
또 다른 세상 맞으러 가게.

낮달 / 오흥태

한낮의 고요가
절정에서 멈춘 날

빈 하늘엔
하얀 낮달

부잡스럽던 마음은
기댈 곳을 찾고

때를 모르는 그리움
하얗게 그려 냈네

당신의
그 엷은 미소는

밤새 잊지 말라는
고운 수신호.

담벼락 / 오흥태

난 너에게 벽이었을까

얼마나 높은 벽으로
네게로 오는 빛을 가리고
네게로 향한 생명수를 고갈시켰을까

때때로 너의 성장을 막고
홍두깨를 둘러메고
형극의 가시처럼 굴지는 않았을까

난 너에게 담벼락이었을까

땅에 납작 엎드린 어린 민들레
한겨울 매서운 북풍을 막아
발아래 작은 생명을 지키는 돌담이었을까

숱한 비바람 맞고
오래도록 바래고 나서야
돌담이 눈에 들어왔다
바람길 터주는 돌담
생명을 기르는 담벼락이
바람길 숭숭 난 가슴으로 들었다.

☆ 프로필

· 충북 단양 출생

· 문학고을 시 등단

·「시를 꿈꾸다」 문학회 회원

· 강원대학교 사범대학 국어교육학과 졸업

· '86 교육신보 주최 제3회 교원학 예술상 문예부문 장려

· E-mail : boxwoodtree@naver.com

★ 목차

지독한 역설 / 유해용

더 얻기 위해 버리는 법 배웁니다
아프지 않기 위해 생채기 내 봅니다
함께 있기 위해 이별하는 법 배웁니다
더 커지기 위해 작아지는 법 배웁니다
더 도약하고자 움츠리는 법 배웁니다
효도하고 싶어 불효하는 행동 취합니다
울지 않기 위해 우는 법 배웁니다
술 안 먹기 위해 술 먹는 법 배웁니다
사랑하기에 떠나야 할 때란 걸 알았습니다.

회양목 1 / 유해용

허리가 뚝 잘린
네 자태는
天下大將軍이요
地下女將軍이다

뱀 껍질을 두른 듯한
나무 등걸엔
두려운 정기가 서려 있다

푸르게 파랗게
돋은 잎새는
사육신의 절개이다

물이 뚝뚝 드는 듯한 비늘
오오
엄동설한에도 아랑곳없으랴

너는
청아한 에머럴드다

너는
살아있는 생명의 진수(眞髓)이다

사시사철 푸르기만 한 잎맥에는
천년만년을 이어 온 내 겨레 숨결이 어린다.

단단한 약속 / 유해용

오늘 당신과 나
경건히 두 손 모으며
주님 앞에 기도합니다

참되고
착하고
바르게

당신은 나를 신뢰하고 존경하며
나도 당신을 존경하며 사랑하며

망망대해 같은 인생살이를
두 노로 힘껏 저어갑시다

인생이란 긴 항해에서
두 남녀가 하나가 되어

☆ 프로필

· 청일문학 시 · 수필 등단(2017.4)

·「시를 꿈꾸다」 문학회 회원

· 2016년~2017 미국 뉴저지 팰팍 지역
Goahead love FM 101.3 호수방송 오프닝 멘트 및
방송분 작가로 활동

· E-mail : rosefive1@naver.com

★ 목차

봄(春) 탓 / 윤은경

시끄러운 영동 할머니
딸도 모자라
며느리까지 데리고 오더니
경칩 전 깨운 개구리까지 합세해
시끄런 수다로
요란스런 봄 잔치한다

접시 깰 셋 뭉쳤으니
부는 바람과
빗줄기의 소란스러움에
봄꽃은 어찌나 놀랐는지
잎도 피기 전에
꽃부터 피워낸다

올해
유난스러운 봄은
이렇게 시작됐다

거짓말 / 윤은경

더 크면 자연히 알게 될 거라는
어른들의 비밀들
주시는 것 다 먹으면
키 쑥쑥 큰다는 엄마의 상식
아빠와 꼭 결혼한다는
딸아이의 다짐
거짓말하면 코가 길어진다는 동화

너 아니면 못 산다는
연인들의 서투른 약속
봉숭아 물든 손톱
흰 눈 올 때까지 있으면
이루어진다는 첫사랑 전설

지켜지든 지켜지지 않든
생각해 보면
웃음 짓게 되는
우리들의 거 짓 말.

뻔히 알지만 뻔함 속에
은근히 이루어지길 바라는
우리들의
거짓말

그녀의 이름 / 윤은경

얼굴은 닮아도
마음까진 닮을 수 없고
성격은 같아도
인성은 같을 수 없고

그 나이가 될 수 있어도
그의 나이는 앞설 수 없고
그 마음 읽는다 해도
품고 있는
그의 사랑은 절대 읽을 수 없고

누구든 있어도
누구나 똑같지 않은 사람
부르는 이름 같아도
절대 같은 사람일 수 없는 사람

세상 살아갈 인생 주고도
절대 당신 팔자는 닮지 말라는 사람
누구에게든
단 하나의 호칭일 수밖에 없는 사람

엄마라 불리는
그 사람.

이만우

☆ 프로필

· 양주시 남면 출생

· "대한문학세계" 시 부문 등단(2018. 6)

· 대한문인협회 회원

· 대한문인협회 경기지회 기획국장

·「시를 꿈꾸다」 문학회 운영위원

· 국민대학교 졸업, 삼성전자 근무

· 현재 프리랜서

· E-mail : mw0001@hanmail.net

★ 목차

금강초롱꽃 / 이만우

보라색으로 곱게 차려 입고
누구를 기다리는지 알 수는 없지만
지금은 저 옆에 친구와 함께 있네.

아리따운 자태를 보여주기 부끄러운지
수줍게 고운 몸매를
간직하고 있는 모습들

속살을 드러내 놓기 싫은지
땅으로 길게 늘어뜨리고
쉽게 접근을 못 하게 하네.

그대의 어여쁜 자태에
매혹이 되어 발길이
떨어지지 않는구나

초롱초롱 빛이 되어
여러 사람들의 등불이 되고
마음을 치유하였으면 좋겠네.

금강초롱꽃은 마음을
정화시켜 따듯하게
만들어 주네.

사랑의 힘 / 이만우

어느 날 갑자기 나타난 그녀는
나의 눈을 멀게 하고 심장이 멈추는
힘을 가지고 조용히 다가와서
마음을 뒤흔들어 놓았네

가까이 다가서지 못하고
마음만 졸이며 눈치를 요리조리 살피면서
붉어진 얼굴이 되고 굳어버린 입으로
더듬거리며 말을 하려 하였다.

살며시 미소 지으며 나를 안심시키려 하였지만
쿵쾅대는 심장 소리는 더욱 커지고
폭발할 것 같은 상황이었지만
강한 용기가 흘러나왔지

드디어 사랑의 고백을 하였고
우리는 하나가 되어 가정을 만들어
31년을 한결같이 사랑의 힘으로
알콩달콩 예쁘게 살고 있다.

둥근 잎 유홍초 / 이만우

빨간 입술 쭉 내밀면서
나에게 살며시 속삭이듯
다가오는 그대 모습에

무슨 말을 하려는지
슬쩍 다가서며
아주 조용히 기다렸네

그대에게 아무런 말을
듣지는 못했지만 귓가를
스쳐 지나가는 바람이 알려 주었네

사랑하는 따듯한 마음을
가지고 모두에게 나누어 주라고
하면서 휙 지나가 버렸다

☆ 프로필

· 대한문인협회 회원
· 대한문인협회 경기지회 회원
· 대한낭송가협회 회원
· 한국문인협회 회원
· 문학 어울림 회원
·「시를 꿈꾸다」 문학회 회원

2018.8 서울시 지하철 스크린 도어시 공모 당선
2018.9 순우리말 글짓기 전국 공모전(제 11회) 동상 수상
2018.12 명인명시 특선시인선 선정
2018.12 한국문학 올해의 시인상
2019.6.23 짧은 글 짓기 전국 공모전 금상 수상
2019.9.22 순우리말 글짓기 전국 공모전(제 12회) 동상 수상

★ 목차

시처럼 사세요 / 이봉우

시인님은 시처럼 사세요?
누군가 묻는다면
시처럼 살면 신이지요
시인은 이슬 먹고사는 줄로 아는 사람이 있다
가끔은 이슬 먹어요
시인은 신의 말을 대신 전해주고
천사들의 따뜻한 이야기를 들려주는
속으로 울어도 웃어야 하는
가슴에 늘 푸른 멍을 지닌 사람
그러나 시인의 영혼은 맑아요
낮에는 꽃향기로
밤에는 별빛으로
언어의 원석을 갈고닦아
그 보석의 빛으로 날마다 영혼을 씻으니까요
고요한 이 밤에도
지구 반대편에는 불꽃 튀는 삶이 있으리라
어느 한쪽에는 늘 깨어있으니
깊은 밤 홀로 깨어
그 소리에 귀를 기울인다
시인님은 시처럼 사세요?
예, 시처럼 못 삽니다

성찰 / 이봉우

빈 수레가 시끄럽다고 비난하지 말라
빈 깡통이 요란하다고 비웃지 말라
빈 수레는 실을 수 있고
빈 깡통은 담을 수 있지 않으냐

너는 언제 한번 속 시원하게 비워본 적 있었더냐

목련 / 이봉우

가지마다 내 건
순백의 꽃등

붓 같은 꽃망울
밤마다 별빛 모아
꿈을 키웠네

허공에 한 획
크게 그으려고

따사로운 햇살
톡톡 쪼으고

태초의 마음으로
꽃망울 부풀어
화안이 피어난 목련

그대 가슴에
꺼지지 않을
하얀 꽃등을 달아요

이송균

☆ 프로필

· 대구 거주

· 대한문학세계 시 부문 등단(2019.12)

· 대한문인협회 회원

· 대한문인협회 대구경북지회 회원

·「시를 꿈꾸다」 문학회 회원

★ 목차

땔챠 땔챠 / 이송균

땔챠 땔챠

그냥 정겹다

그녀의 구수한 말 한마디에 목을 타고 넘어간다.

한잔 두 잔 세잔 건넨다

땔챠 땔챠 하면서

우린 미친 듯 밤의 공간 속에 그렇게

인생을 마신다.

밤은 늘 화려함으로 몸부림친다

한잔 술 부딪히고

땔챠 땔챠 하면서 우정을 마시고

그렇게 인연은 깊어만 간다.

우리 인연도 변치 말고 쭉 마시자

늘 그렇게

땔챠 땔챠 하면서.

* 땔챠 : 때려치워, 집어치워, 때려치워라, 그만두라는 경상도 사투리

하얀 손님 / 이송균

반가운 이
저기 오는가 보다 힘차게 뚜벅뚜벅
여기 아무도 몰래 오고 있는가
이 밤에 사뿐사뿐 바람을 가른다

봄기운이 몸을 파고든다
허기진 배
밥은 생각나지 않고 봄의 향기만 탐낸다

아무도 없는 넓은 운동장
봄의 소곤거림에 가슴은 열리고
겉옷 입은 목련 봉오리는 간지럽다

수줍은 처자가 유혹하는 듯하다
손 내밀어 살짝 어루만져 본다
이 밤 지나면 손님들이
날 휘감고 춤을 추리라.

꽃봉오리 하나 펑 하고 터질 것 같은 정적의 밤에
숨을 죽이고 잠을 설치며 몸뚱어리 맡겨 본다
보드라운 하얀 속살
은은한 향기 내뿜는 순간을
놓치지 않으려고 홀로 가슴을 태운다.

고목의 기도 / 이송균

첩첩산중 아침이슬 내려앉은 고목나무
푸른 이끼 옷 만들어 주니 숨을 쉰다
그리고 지난날 수많은 이야기 뱉어 낸다

철새들도 날아들고
아이들도 뛰어놀고 연인들도
찾아와 벗이라 한다.

이별 고하고 떠난 마지막 낙엽
다시 찾아와 꽃피워 달라고 손 건네지만
난 고목이라네.

새로운 사랑의 열매
몸 파고들어 뿌리내리면
새로운 아기 소나무 될 수 있으리라
기약은 없지만.

매일 밤 별님에게 몸 한구석이라도
꽃 피기를
몸뚱이 썩도록 기도해본다.

☆ 프로필

· 대한문인협회 회원

· 대한문인협회 서울지회 회원

·「시를 꿈꾸다」문학회 운영위원

· 대한창작문예대학 졸업

· 시인, 작사가, 가수

여름 / 이순예

임금의 정에 목마른 능소화 고고한 자태를 뽐내고
하늘에 가장 가까울 장미 여전히 여여한 사이
해바라기는 떠오를 해를 맞으러 기지개 켜고
수련 또한 이른 아침 벙어리 봉오리를 엽니다

배롱나무 전설은 백일의 아픔이 짧기만 하고요
개망초는 김매던 엄마 거친 손이 안타까워 핍니다
꽃같이 살라던 아빠 생각에 채송화가 붉어진 사이
나팔꽃도 계절과 어울리려 살며시 고개를 듭니다.

* 마지막 두 연은 어효선 '꽃밭에서' 차용

하늘 음악 / 이순예

초심을 읽다가 욕심으로 겸손이 흔들릴 즈음
그것을 구분할 수 있는 지혜를 주소서
하늘이 될 수 없지만
고개 들어 당신을 향해 일어섭니다
땅이 될 수 없지만 딛고 걸어갑니다

신이시여 넘침을 두려워하며
부끄러운 존재임을 깨닫게 하소서
지혜가 닿지 않아 다름을 틀림으로 읽었습니다

하늘과 바다의 푸른 눈을 닮아가길
원합니다
음악과 나 그리고 세상 영혼의 힘들로 이어주는
삼위일체의 신비로움으로
마음의 곳간을 채우는 일, 자리를 내어주는 겸손 임을

가슴으로 그리는 평화와 사랑
날개 단 수채화로 물들게 하고
빛으로 피어나게 하소서
낮엔 해처럼 밤엔 달처럼
하늘 음악이 가슴에 닿길 복도해 봅니다

천상의 음악을 주관하는 신이시여
기꺼이 당신이 베풀어주시는
이 아름다운 구속에서 맘껏 자유롭게 해주소서

일상 / 이순예

다름이 틀림은 아니다
그러나 틀렸음을 사뭇
다름이라고 우기는 이들
그들과의 낯선 전쟁은 힘겹다

오늘도 만원 지하철
고개 들 공간도 없다

너무나 낯익어 도리어
여전히 낯선 귀갓길
골목도 슈퍼도 바람도
온통 가로로 눕고 있다

한밤 칼로 베어 에인 반달
그가 흘린 눈물을 먹는다

☆ 프로필

· 인쇄소커피, EZEN P&F 대표

·「시를 꿈꾸다」문학회 운영위원

★ 목차

숨 한 번 쉬고 / 이안

네 곁으로 가는 길
차가 다니지 못하는 먼 길
걷다 뛰다보니 지쳐가고
해지기 전 도착해야 하는데

마침 낮은 언덕 위에 보이는 자전거
그냥 지나쳤다 되돌아와 핸들을 만지작거렸다
난 자전거를 타지 못한다, 아니 타보자

그렇게 수없이 넘어지며 가다 드는 생각

"굴러 갈까? 네 맘 곁으로 말이야"

숨 한 번 쉬고, 타고 또 타고… 108번쯤 넘어지니
숨차게 뛰는 것보다 조금 빨리 서툴게 탈 수 있었다

그래 다행이야
네게로 조금이라도 빨리 갈 수 있어서
슬며시 페달을 더 힘차게 밟을 수 있었다

노을 아래 네가 환히 웃고 있었다

몰랐던 행복 / 이안

2월의 시련은
단숨에 서울역 광장을 텅 비게 만들고
오류인 듯 확진(確診) 숫자를 매일 갱신하며
급기야 입에 흰 마스크를 씌우고
일과 후 당연스럽던
잘 구워진 갈빗살에 소주 한 잔 기울이며
굉장한 정치평론가, 때론 유명한 애널리스트,
가끔은 로맨티스트가 되는 친구들을 보지 못하게 했다

기차를 타고 오다 코로나19에 지쳐 감았던 눈 뜨니
순간 텅 빈 객석 앞 좌석에 쏟아져 들어오는 빛은
특실 신문 일면 큰 글자를 매일 늘어나는 확진이 아닌
이길 수 있다는 확신(確信)으로 보이게 하고

긴 시달림 끝에 산다는 건 같은 시간 속에서
함께 마주 보고 환히 웃으며, 악수하며, 포옹하며…
사랑하듯 나지막이 읊조려주는 눈앞에 보이는
붉은 입술의 감미로운 속삭임이란 걸 알게 하고
드디어 오늘 확진, 팬데믹을 흰 마스크 밑에 덮고
이젠 괜찮다는 확신의 깊고 힘찬 긴 호흡을 하며
서울역 광장을 가로질러 걸으며 흰 마스크 벗고
난 붉은 미소 지으며 "그래 이것 참 행복한 거네"

너를 알고부터 / 이안

터덜터덜 힘겨운 하루
이 사연, 저 사람에 치이고
마음 한편이 무거워 어깨도 처지고
한숨을 크게 쉬어 보지만 나아지지 않았어

너를 몰랐을 땐,

요즘 버릇이 생겼어
커피 알갱이를 갈면서 잔잔히 퍼져가는 향기에
잠시 세상 걱정 내려놓는
잘 내려진 상큼한 커피를 마시고 힘내려는
이상한 버릇이

나를 아는 마음도 담겼다는 너를 알고부터.

☆ 프로필

· 「시를 꿈꾸다」 문학회 회원

· 인천공항 월드유니텍 보안팀장

· 대한문학세계 시 부문 등단

· 2019 짧은 시 짓기 전국 공모전 장려상 수상

★ 목차

봄처럼 / 이종훈

아메리카노 한잔 들고
샹송이 흐르는 강변 카페
테라스에 앉아서

커피 한 모금
자기 생각 한 모금
커피 두 모금
당신 생각 두 모금

어느새 그대는
내 맘 속에 봄 향기로 다가와
꽃이 되어 머물다 가네요.

비엔나커피를 좋아한 당신 / 이종훈

가슴속 도화지에
사랑스러운 그대 얼굴 그리며
커피 한잔하고 있었지요

어두워진 창밖에서
똑똑
노크하는 소리가 들렸죠

돌아본 창문에는
로댕만 보이고
보슬보슬 내리는 봄비가
창문에게
여기저기 콕콕
애교 부리는 소리였지요

아이스크림 속에 녹아있는
그대의 사랑
한 스푼 떠서 느끼려는 순간
입술이 먼저 알고 있네요.

자기야 미안해 그리고 고마워 / 이종훈

공중화장실 양변기에 앉아서
볼일을 보고 있는데
화장실 문 중간쯤에
주의사항이 있었습니다

담배꽁초 버리지 마세요
물티슈 버리지 마세요
기타 쓰레기 버리지 마세요

다 읽은 뒤 반대로 난 버렸습니다
당신에게 짜증을 낸 마음을
당신에게 퉁명스럽게 한마음을
당신 모르게 은근히 무시한 마음을
모두 양변기에 버리고는
시원하게 내렸습니다

내 잘못으로
어여쁜 당신을 토라지게 했네요
토라진 당신의 얼굴이 왜 그리 예쁜지
분위기 때문에 내색은 안 했지만요
가지고 있으니 무거웠고 버리니
몸과 마음이 훨씬 가벼워졌습니다.

☆ 프로필

· 경기도 안양시 거주

· 대한문학세계 시 부문 등단

· 대한문인협회 정회원

· 대한문인협회 경기지회 정회원

· 「시를 꿈꾸다」 문학회 회원

· 제1집, 2020 명인명시 특선시인선

· 2019 향토문학상 경연대회 금상 수상

· 2019.10. 3주. 금주의 시 선정

· 2019 한국문학 올해의 시인상 수상

★ 목차

웃음꽃 / 이환규

창밖에 찬 바람 부는데
방으로 들어온 햇살은
금빛 구슬로 부서진다.

추위에 여행을 떠났던
아이가 온다는 소식을
수줍은 새싹이 전한다.

흐드러진 가지 위에
파릇하게 올라오는
생명의 울음소리

봄이 오고
새순이 돋고
꽃망울이 터진다.

꽃은
사람이 웃는 만큼
향기를 더해준다.

아침을 기다리며 / 이환규

달그림자 잠재운
새벽길

취객의 발걸음에
골목은 비틀거리고

좁은 길 가로등은
파수꾼이 된다.

창밖으로
새어 나오는 불빛

출근을 준비하는
분주한 그림자

이슬 맺힌 찬바람
문밖에서 흩어지고

여명은 갈 곳 잃은 그림자를
지우고 있다.

풍경소리 / 이환규

뜨거운 세상 피해 산길 오르면
아득한 산자락 끝 산사(山寺)에서
딸그랑 딸그랑
풍경이 바람에 날린다.

처마를 휘감은 오색비단 단청
청색 적색 황색 백색 흑색
장엄함에 숨이 멎는다.

풍경은 바다를 그리며
뜬눈으로 그네를 타고

목조(木造)의 산사
화(火)로 지켜낸다.

하늘 바람 불어와 흔들리는 풍경
물고기는 먼바다로 헤엄쳐 간다.

임숙희

☆ 프로필

시인, 시낭송가
대한문학세계 시 부문 등단
대한문인협회 경기지회 지회장
(사)한국문인협회 회원
「시를 꿈꾸다」 문학회 회장

한국문학 작가상 수상
한국문화 예술인 대상
순우리말 글짓기 전국 공모전 은상 수상

1시집 : 『 가끔은 그렇게 살고 싶다 』
2시집 : 『 향기로운 마음 』
이메일 : whitelily6627@hanmail.net

★ 목차

사월의 눈꽃 / 임숙희

한참을 그렇게 서 있었다.

눈 깜박이는 순간조차 놓칠까 봐
감미롭게 때로는 회오리 일으키며
흩어지는 눈꽃을 맞으며
몽환의 눈빛으로 움직일 수 없었다.

사람들의 탄성 소리에 기뻐하며
바람 꼬리를 잡고 화려한 춤사위로
고별 무대를 장식하고 있다

차디찬 침묵의 시간을 견디고
희망을 뿌려놓고
눈부시게 떨어지는 아름다운 모습이
가슴 한편에 애틋하게 똬리를 튼다.

바람이 어깨를 토닥인다.
빙긋이 미소를 하늘에 날리고
손등에 앉은 꽃잎 힘껏 바람에 띄우며
수고했노라고 안녕을 고한다.

따뜻한 커피 / 임숙희

아침이면 습관처럼
따뜻한 커피를 마신다.

바쁜 하루 중
따뜻한 커피 향에 너를 생각하니
풀향기 솔솔, 참 좋다

따뜻한 커피를 마주한 이 시간
습관처럼 네가 그립다.

당신이 참 좋습니다 / 임숙희

우연히 만나는 날
별빛 같은 눈망울로
해맑게 웃으며 반기는
당신이 좋습니다.

봄 햇살 같은
따뜻한 말 한마디
가난한 마음에 기쁨을 채워주는
당신이 좋습니다.

당신을 생각만 해도
미소가 떠오릅니다.

당신을 생각만 해도
가슴이 따뜻해집니다.

홀로 남겨진 듯한
쓸쓸한 삶의 뒤안길에
밝고 환한 빛으로 오시어
행복의 나래를 선물하시는
당신을 만나 참 좋습니다.

☆ 프로필

· 전북 전주 출생

· "문학세계" 시 등단

· 한국문인협회 회원

· 아가페문학회 회원

· 「시를 꿈꾸다」 문학회 회원

· 시향 문예대전 우수상

· 한국영농신문사 시부문 우수상

· 복지tv 방송대상 문화예술부문 시인상

· 저서<가슴앓이>, 공저<침묵의 축제>

★ 목차

청사초롱-연을 읊다 / 전숙영

탁한 물속에서도
함초롬히 피어있는 연꽃이
참 맑다.
물이 네 맘을 알기 때문일까.
아니면
네 뜻이 갸륵해서일까.

연분홍 치마 나풀거리며
가슴에 품은 인연
한여름 햇살 받아
수줍게 옷 갈아입나니
배시시 터지는 향내가
천지간 진동을 하고

무젖은 그리움 눅눅하지 않도록
허리 곧추 세워 말리는 기다림,
한 철 살다 지는 그 마음이 꽃이요
또르르
물 때 밀어내는 그 잎이 삶이리니
그대 꽃등은 지금 얼마큼 피어있나요.

詩 – 종자를 취하다 / 전숙영

꽃잠 사연 베어 물고

질펀하게 뒹굴고 싶구나.

간질, 간질거려서

재채기를 못 참게하고

가래톳이 저릴 때까지

등갓을 춤추게 해보자구나.

얼싸절싸 생땅도 눈물바람

무얼 그리 할금대나,

눅신눅신 몸을 치대

구들장이 쥐나도록

시패 하나 올려보자.

갯벌 / 전숙영

포 뜬 비늘 널어놓은 듯
도도한 은빛 물살도
새벽잠 깨우는 갯벌장 소리에
자작자작 몸을 말리고

물때로 화답하는 안부가
이불처럼 얹히니
개펄 뒤엎고 비상하는 씨조개
물새들도 월동을 하고 간다.

돌멩이에 덕지덕지 붙은 고동이며
느릿느릿 옆으로 달리는 게
숨죽이며 맞춤으로 간이 배는 석화들
언제라도 바다는 보물창고다.

"어떤 부자가 이렇게 골고루 나누어 주겠어"
주름만큼 깊어진 노파의 장단에
신명 난 조새 소리
다붓다붓 높아가는 수확에
갈대도 금빛 춤을 춘다.

☆ 프로필

· "대한문학세계" 시 부문 등단

· 대한문인협회 정회원

· 대한문인협회 서울지회 정회원

· 호수 시 정원 문학회 정회원

· 달섬 문학회 정회원

· 「시를 꿈꾸다」 문학회 회원

· E - mail : myunghwa0518@naver.com

★ 목차

소중한 인연 / 정명화

눈썹달도 잠든 밤
어두운 골목길을 타박타박 걷는데
한 통의 문자가 나를 향해 다가온다

삶의 향기를 풍기며
흔들리는 마음 애써 잡아주려
햇살 같은 인연이 나에게 찾아왔다

언 땅을 녹이듯 따뜻한 마음은
생각 주머니로 희망을 주고
아름다운 인품을 보여주는 사람

소중한 인연에 보송보송한
버들강아지 한 아름 꺾어주면서
고맙다고 내 마음 전하고 싶다.

신들이 허락한 선물처럼
내일을 향해 걸어갈 수 있게
구름다리를 만들어 준 멋진 사람

마음의 깊이가 넓은 인연에 위로받아
휑한 가슴에 꽃들이 피어나고
다시 품은 소망으로 삶이 가벼워진다.

들꽃처럼 고운 여인 / 정명화

나의 삶의 여정에서
힘든 마음 내색도 못 하고
화이트보드에 앞다투어 피는 하트를 보며

손에 쥔 마우스를 열심히 움직이지만
자존심에 살짝, 금이 가는 소리가 나면
따뜻한 언어로 희망의 메시지를 준다.

전산에 어설프게 남겨놓은 자료들에
부족함을 채워주며, 마치 퍼즐을 맞춰가듯
자연스럽게 능력을 보이며 정렬해 나가는 손길

한곳에 피어나는 들꽃처럼
늘 곁에서 힘이 되어 주고
품위 있는 인품에 센스있는 여인

내 마음 꽃잎으로 덮어 놓지만
봄 내음 풍기며 꽃의 여신처럼
오늘도 내 속을 환히 읽는다

꿈과 열망이 있는 곳에서
감사함을 대신할 수 없는 말
마음은 실로 고마워하고 있다.

따뜻한 동행 / 정명화

아직은 청춘인
인생의 주인공들이 모인
아름다운 동행 방 벗님들

따뜻하게 품어주는 임과
동그라미 그리며 장. 단점을 가지고
개성 있게 만난 우리들은 중년들이다

세월의 흔적을 얼굴에 남기면서
최선을 다하며 긍정적인 마음으로
살아온 마디만큼 나이테는 쌓여가지만

마음 밭에 발아한 우정의 씨앗
아름다운 인향으로 꽃을 피우며
튼실하게 여물어 가고 싶다.

다름의 개성으로 하모니를 이루며
외롭지 않은 삶의 뜨락에서 어우러지며
조화로운 모습 명품처럼 꽃중년의 친구들

사계가 숨 쉬는 조붓한 언덕에
우정과 사랑으로 행복한 동행 길
고운 시화들이 수채화로 물들고 있다.

☆ 프로필

· 서울 거주

· 대한문학세계 시 부문 등단 (2018.6)

· 대한문인협회 회원

· 대한문인협회 서울지회 회원

·「시를 꿈꾸다」 문학회 회원

· Email : ocarina73@naver.com

★ 목차

연둣빛 단상(斷想) / 정복훈

그대를 사랑하는 내 마음이
짙은 녹음이 되기 전
여린 연둣빛 고운 숲이면 좋겠어

그대를 사랑하는 내 마음이
곱고 고운 흙을 빚어
여러 날 기다렸다 만드는
그릇이면 좋겠어
찻잔이면 좋겠어

그대를 사랑하는 내 마음이
하루 일 마치고
가벼운 옷차림으로
함께 걷는 산책이면 좋겠어
그런 일상의 행복이면 좋겠어

그대를 사랑하는 내 마음이
아침 산, 저녁 강처럼
서로를 품고 닮아가는
삶이면 좋겠어
동행이면 좋겠어

그 앞에 서다 / 정복훈

하늘

바람

하늘과 바람을 품은

바다처럼...

그 앞에 서다

풍경이 되어

하늘 바람 바다

그림 같은 하루 / 정복훈

양떼구름 몰고 가는 바람처럼

시린 그리움 펼쳐 놓은 가을 하늘

곱게 물들어가는 나뭇잎처럼, 그대 향기

꽃보다 아름다운 사람의 향기, 삶의 모습들

아름다울 가을날이어라

☆ 프로필

· 대한문학세계 시 부문 등단

· 대한문인협회 정회원

· 대한문인협회 서울지회 정회원

·「시를 꿈꾸다」 문학회 운영위원

★ 목차

해 질 녘의 잔상 / 정상만

서녘 하늘에 아리따운 꽃 한 송이 피어나거든
나는 꽃잎에 앉아 사랑을 이야기하며
황금빛 물결 너울대는 파도 위에서
한 점 포말이 되어 조용히 흩어지렵니다

스스럼없이 밀려드는 님을 향한 그리움들이
먼 하늘 푸른 들판이 빨갛게 물들어 갈 때면
아스라이 젖어드는 그 빛 속에 어울려
악단 노을빛 고운 빛으로 곱게 물들여 가렵니다

떠나보내야 하는 쓰라린 아픔이 찾아와도
오늘이라는 인연이 다함에 만족하고
오늘의 잔상을 추억 속에 고이 담아가며
새녘 하늘에 드리운 어둠을 맞이하렵니다

그 속에서 별빛과 달빛과 바람과 구름과
함께 노닐며 떠나는 오늘을 배웅하렵니다

그러다 문득

새녘 하늘에 샛별이 환한 미소를 띠거든
오늘이라는 또 다른 인연을 고이 맞이하렵니다

늘 그래 왔던 것처럼…

노을처럼 붉게 물들고 싶다 / 정상만

한낮의 햇살도 한 밤의 달빛도
결코 흉내 낼 수 없는 희열의 도가니 속에서
나는 조용히 노닐고 싶다

점차 잃어가는 나만의 빛깔들이
하나둘씩 퇴색되어가는 삶의 언저리에
켜켜이 쌓여가는 인생의 틈바구니 속으로
나는 또다시 발걸음을 내딛는다

무의미한 삶의 가장자리에 우뚝 서서
물끄러미 바라보는 햇빛 한 모금에
목이 말라 애태우는 가시 돋친 삶 일지라도
순응이란 안간힘으로 조금씩 채워져 간다

석양...

그 웅장한 어여쁨 속에서 나는 노닐고 싶다

함께하는 외로움 / 정상만

어울림 속에 피어난 한 송이 연꽃처럼
바람에 찢긴 들 아랑곳하지 않는
다소곳한 미소를 조용히 흩날리며
도드라지지 않는 고운 자태가 어여뻐라

홀로 가는 여정의 힘겨운 삶이지만
더불어 떠나는 어울림의 숲 속에서
함께 나누는 정다운 이야기들이
몽실몽실 피어난 꽃송이에 담기면

삶이란 언덕바지에 말없이 걸터앉은
달 무지개의 가냘픈 미소가 번져가고
쓰디쓴 세상살이에도 생기가 돋아나듯
헛헛한 마음에 가득히 채워져 간다

만남의 그리움들이 켜켜이 쌓여만 가지만
이별의 아쉬움 속에 산산이 부서진 추억이
처연한 몸짓으로 허공을 가를 때면
나는 또다시 빛바랜 흑백사진이 되어간다

외로움 그 아득한 쓰라림 속에서...

☆ 프로필

· 서울 거주
· 대한문학세계 시 부문 등단
· 대한문인협회 회원
· 대한문인협회 서울지회 회원
·「시를 꿈꾸다」 문학회 회원
· 반야중기 대표(현)

★ 목차

꽃바람 / 정옥령

남녘으로부터
거대한 회오리바람
위로위로 북상한다

한 줌의 모래알조차도
허락하지 않을 듯이
회색의 모래폭풍 속 가득히
꽃 내음을 품은 채로

연기 자욱이 몽글몽글
피어나는 꽃몽오리
천리만리 비바람 흩뿌리며

몇 해 전 떠났던 임 발자취 싣고
위로위로
조금의 쌀쌀함 안고

안아주세요 / 정옥령

안아주세요 꼬~옥
나도 모르게 뱉은 말 때문에
상처 받았을지도 모르잖아요?

안아주세요 꼬~옥
홧김에 휘두른 행동 때문에
마음에 멍이 생겼을지도 모르잖아요?

안아주세요 꼬~옥
나의 외면 때문에
평생 지워지지 않는 아픔 생겼을 수도 있잖아요?

안아주세요 꼬~옥
나의 욕심 때문에
삐뚤어진 다른 길로 가고 있을지도 모르잖아요?

안아주세요 꼬~옥
심장소리 귓전에 머무를 때까지
꼬~오옥

사랑은 하되 미치지는 마라 / 정옥령

미쳤어
미쳤어
미쳤어
미쳤어

미쳤다

미쳐 버렸다

너 때문에

너를 향한 나의 마음 때문에

☆ 프로필

- 대한문인협회 정회원
- 대한문인협회 경기지회 정회원
- 「시를 꿈꾸다」 문학회 회원

★ 목차

흔들리고 싶다 / 하은혜

세상이 바뀌는 데는
딱 하룻밤이면 되나 보다

지난밤에
대체 무슨 일이 있었길래...

어제의 찬바람은 작별의 인사도 없이 떠나가 버리고
눈앞 가득히 쏟아져 내리는 햇살의 눈부심이여!

달리는 버스 안에서
지그시 눈을 감으며

led 불빛이 가득한 책방으로 가려던
발길을 돌려

봄빛이 가득한
거리에 선다
광장(廣場)에 선다

마침 불어오는 봄바람의 손을 잡고
함께 흔들리고 싶다

집시여인 / 하은혜

한 줌의 석양빛이 아쉬운 해거름,
도심 광장의 한쪽 모퉁이에 그녀가 살고 있다

색색의 패를 쥐고
스치는 사람들의 운명(運命)을 가늠하는 그녀

오늘이 답답하고
내일이 모호한 지친 걸음을 옮겨
잠시 들러볼까?

휴대용 led 불빛에 흔들리는
갸름한 그녀의 옆얼굴을 넌지시 가늠해본다

그녀와 나는 어떤 인연일까?
어떤 운명의 패를 쥐고
두런두런 속내를 나눌 수 있을까?

그녀의 곁을 집시처럼 서성이는
겨울 저녁은 어느새 어둑해져 오고...

별 / 하은혜

그날 밤
별은 빛나고 있었던가!

론* 강가를 따라 걷는다

별은 고흐의 가슴에서
시리도록 아름답게 빛났으리라

영영 사랑 영영 이별이듯

별은 기별도 없이
강물 속에 부서져 내리며
그의 가슴에 부서져 내리고
내 가슴에 부서져 내리고

아픔은
화폭(畫幅) 속으로 다시 떠올라
더 아름답게 빛난다

론 강의 물은 무심히 흘러가는데...
상념이 발끝에 채이며
나그네의 가슴에 별이 되어 떠오른다

* 론 : 프랑스 아를 지방에 흐르는 강

한천희

☆ 프로필

· “대한문학세계” 시 부문 등단

· 대한문인협회 회원

· 대한문인협회 경기지회 회원

·「시를 꿈꾸다」 문학회 회원

· 겨울 봄 그리고 가을 여름 시인의 정원 15집 공저

★ 목차

술에 태워 보내는 겨울 / 한천희

한 잔의 술로 흩어진 영혼은
가슴 깊이 잠들어 있는 너의
앙상한 기억을 깨운다

죽음으로 모든 것을 버린 광야
냉정한 이성에 얼어버린 대지를
한줄기 눈물로 깨우려는 미련
이것이 욕심이란 걸'
끝없이 넓어진 들판의 편안함이
비우고 또 비운 고독이다

잊을 수 없을 것 같던 그 가을
술로 기억을 취하게 하고
허공에 던져버린 너의 얼굴은
왜 자꾸 회오리바람 타고 돌아오는 건지

하늘이 내리는 하얀 꿈들
알코올에 젖은 영혼에 쌓이면
넓은 들판을 파릇하게 채우려
새로운 사랑의 욕망을 섞은 술을 빚고
그 향기에 취해 기다림에 잠이 든다.

가을에 오는 비 / 한천희

떨어지려 내리는 비는
이별하고 돌아서며 우는
사랑비였을까

이 비가 그치면
여름은 가고 가을은 오는데
보내기 서러워 돌아서 우는 건
가을 이련가

푸르름에 지쳐 변해가는 이파리는
돌아서 버린 사랑을 잊으려
머리에 염색하는 여인이었을까

가을이 곱디고운 것은
속세에 쌓아 놓은 수많은 인연과
이별을 준비하고 있음이다

가을비 우는 것이 슬픈 것은
사랑이 떠나서가 아니라
수많은 인연과 이별이
아파서일 것이다

첫사랑 / 한천희

잊어 써라
잊어 써라
생각했는데
가슴 속에 숨 쉬고 있는 너를
내가 다시 불러 보노라

내가 죽을 때까지
잊지 못할 인연인 것을
잊으려 눈감은 들
잊힐 것인가

사랑이었노라
사랑을 기억하노라
그 사랑 참 아름다웠노라
잊지 아니하고
아름답게 간직하리라
내가 죽는 그 날까지

홍승우

☆ 프로필

· 대한문학세계 시 부문 등단(2018. 6)

· 대한문인협회 회원

·「시를 꿈꾸다」 문학회 회원

· 사단법인 글로벌 작가협회 이사

★ 목차

나의 욕심 / 홍승우

하늘 향해 입을 벌리고
내 입은 너무너무 작으니까
하늘만큼 크고 넓은 깔때기를 물어야지

바람도 담고
사과도 담고
봄에는 벚꽃도 담고

그녀 웃음도
발그레한 노을도 하나 남김없이
하늘만큼 크고 넓은 깔때기로 담아야지

담다가 담다가
더 이상 담을 수 없는 날
나는 노래할 수 있으리

높고 푸른 하늘을
움트는 초록의 대지를
환한 세상의 웃음을

깔때기는 확성기도 될 테니까
멀리멀리 퍼져 가겠지

금요일 저녁 6시, 지하철 9호선, 여의도역

/ 홍승우

할 수 없지

꼭 붙어도 뭐라 할 수 없어

내 발 위에 잠시 누군가의 발이 겹쳐져도 아파하지 않아

우린 모두가 피해자인걸

5㎜의 여백도 인정받지 못하는 순간

누군가의 체온이 느껴지더라도 몸서리치지 않아

그래 우린 한 방향의 동지인걸

이 순간은 잠깐이고

고속터미널역까지의 최선의 선택이고

전철도 고속행이잖아

6분간

세상 누구보다 가까운 이에게 따뜻함을 나누자

체온을 주고 있으니 마음도 주자

두 손 가슴에 모으고

꽃 / 홍승우

사람은
사랑을 하고

봄은
꽃을 피운다

사랑 만큼 꽃도 예쁘다

나랑 너도...

☆ 프로필

· 전남 완도 출생

· “대한문학세계” 시 부문 등단

· 대한문인협회 정회원

·「시를 꿈꾸다」 문학회 회원

· E-Mail : hwang-gj@hanmail.net

★ 목차

파랑새 날개를 펴다 / 황광주

치열한 삶 속 거칠어진 호흡을
노을 지는 저녁 하늘에 담아 본다

세상을 등지고 빗장을 건 문에는
그냥 스치는 바람 소리도 슬프다

까만 진주 알알이 박힌 깊은 심해
창살 없는 어둠 속에서는
은빛 너울이 새벽을 달린다

별을 향해 쏘아 올린 간절한 마음
언제쯤 다시 나에게 돌아올까

내 가슴속 파랑새는
어둠 속에서만 날개를 편다.

세월의 어깃장 틈을 비집다 / 황광주

새벽 먼동이 터 올 때까지도
멈출 것 같지 않던 혼돈의 세상

천년의 세월로 포개진 수평선 위로
은빛 날갯짓 하늘비에 젖다가

뜬 눈으로 서러워야 했던 아림이
미완의 환희로 무르익어 지면

칠흑을 가로지르던 오작교 위에는
희망의 열매가 주렁주렁 매달린다

애증의 잔상들로 내 가슴에 퍼붓던
어지러웠던 지난 밤들을

눈 부신 태양으로 맞이하는 아침은
덤덤하게 긴 그림자만 남기고

세월의 어깃장 틈을 비집다
무언의 시간 속으로 사라져 간다.

그녀 / 황광주

한숨 쉬었던 지나간 겨울은
맑아진 푸른 하늘 따스한 바람에
그녀의 얼굴로 살포시 다가오고

하얀 꽃바람이 날리는 거리엔
징검다리 계절이 아쉬워서
무심한 시간을 붙잡고
기억의 조각을 맞추는 사람들만

잊혀질듯 아슬하게 쥐고 가는
그녀의 기억들이
어쩌면 내일이라는 거울 속에서
나를 향한 손짓을 하고 있을지도

우리가 함께 넘어야 할 큰 파도에
서로에게 그어진 거리가 멀어도
꼭 보듬은 마음의 거리는 가깝다

서흥수

☆ 프로필

· 1961년생 (60세)

· 경북 영주 출생, 서울 거주

· 경북대학교 졸업

· 코오롱, 현대, 롯데, 대림산업, 포스코 그룹 근무 후 퇴임

· 「시를 꿈꾸다」문학회 회원

★ 목차

가을 하늘 / 서흥수

하늘을 가만히 쳐다보면
어릴 때 놀던 산골 마을이 생각난다.

고추잠자리 하늘하늘
코스모스 살랑살랑
붉은 감 오롱조롱

언덕 위 맑은 가을 하늘은

산골 아이 눈동자 속에
비추어진 넓은 바다,
파란 물감으로 하얀 도화지 위에
그린 깨끗한 수채화 한 점.

가을 하늘을 가만히 쳐다보면
가끔 산골 마을 어린애가 된다.

☆ 프로필

· 1969년 서울 출생

· 서울 상계초 33회 졸업

· 서울 장안중 12회 졸업

· 서울 대일외고 1회 졸업 (일어과)

· 용인대 태권도학과 졸업

· 현) 고속터미널 보안팀 근무

· 「시를 꿈꾸다」 문학회 회원

★ 목차

황혼빛에 물들다 / 주성식

서산에 해가 지고
땅거미 내려앉아

황혼이 붉게 물들여
나그네 발길을 멈추네

어스름 조각달 하나
나같이 고개 내민 하늘가

밤안개처럼 퍼져오는
황혼빛의 고독이여

나 여기 서쪽 하늘가에
붉은 가을이 서럽다

지난 옛 시절 생각하며
지는 노을 벗을 삼으니

억새에 이는 바람 소리
이슬 맺힌 단풍잎도

고독이 아스라이 굽이쳐
내 마음을 휘저어 내오니

내 마음 어느 곳에 기대어
황혼의 가을밤을 보낼까

>>> 제 4회 시 짓기 콘테스트 선정작

김병수

☆ 프로필

· 자영업

· 「시를 꿈꾸다」 문학회 회원

★ 목차

악플 / 김병수

나는 보았다
손가락에 흐르는 잔인함에
꽃 한 번 피우지 못하고
시드는 삶

어둠 속에 몸은 숨긴 채
자기가 생각하는 대로
손가락 편리한 대로
당신의
이기심에 꿈이 사라지고
영혼이 황폐해지며 목숨마저
끊어지네.

연못에 무심코 던진 돌멩이
개구리에겐
치명적인 무기임을
그대
알고 있는지

지금
내가 글이라고 끄적거림이
누구에겐
상처 되어 아픔 주고 있는 건
아닌가 뒤돌아보며.

시를 꿈꾸다 동인 시집

시를 꿈꾸다 2

2020년 5월 13일 초판 1쇄
2020년 5월 19일 발행

지 은 이 : 임숙희 외 41인

강석자 권경희 김기호 김달수 김미숙 김미영 김서곤
김영수 김인수 김종각 김희경 문영수 박정기 박현미
박희봉 송정훈 양명숙 양현기 오필선 오흥태 유해용
윤은경 이만우 이봉우 이송균 이순예 이 안 이종훈
이환규 임숙희 전숙영 정명화 정복훈 정상만 정옥령
하은혜 한천희 홍승우 황광주 서홍수 주성식 김병수

엮 은 이 : 임숙희

디자인 편집 : 이은희
기 획 : 시사랑음악사랑
연 락 처 : 1899-1341
홈페이지 주소 : www.poemmusic.net
E-Mail : poemarts@hanmail.net

정가 : 12,000원

ISBN : 979-11-6284-206-5